AF331701

LE MÉDAILLON

DE

M. ÉDOUARD MEAUME

COMPTE-RENDU AUX SOUSCRIPTEURS

Par Charles Guyot

- 1888 -

E. MEAUME

1812 - 1886

LE MÉDAILLON DE M. ÉDOUARD MEAUME

Compte-rendu aux Souscripteurs.

Aussitôt après la mort de M. Meaume, le 6 mars 1886, ses amis se demandèrent s'il convenait de laisser s'effacer cette chère mémoire, ou si les traits de l'excellent écrivain ne devaient pas être perpétués par le marbre, dans la ville où s'écoula sa vie presque entière. On pouvait répondre sans doute que l'auteur vivra toujours par ses écrits, et que les livres, mieux qu'une représentation matérielle, sont capables de transmettre le souvenir, *œre perenniùs*. Il a semblé pourtant que nous ne nous trouvions pas en face d'une renommée ordinaire, que M. Meaume était de ceux dont notre pays doit être fier, et qu'à ce titre, en l'honorant, nous honorions aussi la Lorraine, sa seconde patrie, l'administration des forêts, la littérature et les arts, qui le revendiquent à des dégrés divers.

L'idée une fois admise, un Comité d'organisation se constitua pour centraliser les efforts. Il était ainsi composé :

MM. Chassignet, président de l'Academie de Stanislas pour 1886-87 ;

Favier, bibliothécaire en chef de la ville de Nancy ;

Lallement (Louis), avocat ;

Lepage (Henri), président de la Société d'Archéologie Lorraine ;

Puton, directeur de l'Ecole forestière ;

Guyot (Charles), professeur à l'Ecole forestière, secrétaire du Comité.

Plus tard, une place laissée vacante par la mort de M. Lepage, fut remplie par M. Lucien Wiener, conservateur du Musée lorrain.

On décida qu'une souscription publique serait immédiatement entreprise, et on se réserva de statuer ensuite sur la forme définitive à donner au projet, d'après l'importance des sommes recueillies. Des circulaires furent envoyées à toutes les personnes que leurs études ou leurs fonctions avaient pu mettre en rapport avec M. Meaume, aux membres des Sociétés savantes de la province qui avaient apprécié ses écrits dans les mémoires de leurs compagnies, enfin aux agents forestiers, en se bornant toutefois à ceux qui avaient pu recevoir ses leçons sur les bancs de l'Ecole forestière.

L'une de ces circulaires était ainsi conçue :

« Critique d'art et historien, professeur excellent et bril-
« lant littérateur, M. Meaume a été l'une des personnalités
« les plus complètes et les plus sympathiques de la Lor-
« raine pendant la seconde moitié de ce siècle. A tous ces
« titres, quelques-uns de ses anciens amis ont pensé qu'un
« souvenir de sa vie laborieuse serait justement placé dans
« cette ville de Nancy dont il était un enfant d'adoption.

« Dans ce but, nous nous adressons à tous ceux qui
« sont restés les admirateurs du caractère et du talent de
« M. Meaume ; nous les prions de nous adresser leur adhé-
« sion. Si notre appel est entendu, dès qu'une somme
« suffisante sera assurée, nous ferons exécuter un mé-
« daillon en marbre, avec une inscription rappelant la vie
« et les travaux de l'homme éminent auquel nous voulons
« rendre ce dernier hommage... »

Dans une autre circulaire, spécialement destinée aux agents forestiers, nous leur disions :

« ... Après avoir obtenu l'autorisation de M. le Directeur des forêts, nous sollicitons l'adhésion des agents forestiers qui sont, pour la plupart, d'anciens élèves de M. Meaume, et qui ont gardé le souvenir de ses talents, en même temps que de son caractère et de son inépuisable bonté... »

La souscription ainsi organisée eut un prompt succès ; nous ne l'avons close qu'en décembre 1887, mais on peut juger, par le tableau qui va suivre, de la rapidité avec laquelle une somme relativement considérable nous fut promise.

LISTE DES SOUSCRIPTEURS

Numéros d'ordre.	DATE des SOUSCRIPTIONS	DÉSIGNATION DES SOUSCRIPTEURS	SOMMES SOUSCRITES	
		MM.		
1	4 juin 1886	PUTON, directeur de l'École forestière, à Nancy.	30	fr.
2	id.	Ed. BOUR, greffier en chef de la Cour d'appel, à Nancy.	5	»
3	id.	F. LOPPINET, inspecteur des forêts, à Verdun	10	»
4	id.	Eug. ROLLIN, percepteur des contributions directes, à Gerbéviller (M.-et-M.)	3	»
5	id.	GOUY DE BELLOCQ - FEUQUIÈRES, à Nancy.	20	»
6	id.	L'abbé VACANT, professeur au Grand-Séminaire de Nancy	10	»
7	id.	P. GARNIER, juge au tribunal civil, à Nancy.	20	»
8	id.	MELLIER, inspecteur d'Académie, à Nancy	5	»
9	5 juin 1886	E. BOULANGÉ, avocat, à Nancy.	20	»
10	id.	L. MUNIER, député, à Paris.	10	»
11	id.	J. ROUYER, ancien directeur des postes, à Thiaucourt (M.-et-M.)	5	»
12	id.	L. GERMAIN, membre de l'Académie de Stanislas, à Nancy	10	»
13	6 juin 1886	Jules GOUY, membre de l'Académie de Stanislas, à Nancy	20	»
14	id.	NANQUETTE, ancien directeur de l'École forestière, à Revin (Ardennes)	100	»
15	7 juin 1886	E. PIERRON, à Nancy	1	»
16	8 juin 1886	L. SIDOT, libraire, à Nancy	10	»
		A reporter	279	»

Numéros d'ordre.	DATE des SOUSCRIPTIONS	DÉSIGNATION DES SOUSCRIPTEURS	SOMMES SOUSCRITES	
		MM *Report*	279	fr.
17	8 juin 1886	A. GÉRARDIN, agrégé de l'Université, à Paris	10	»
18	id.	F. DES ROBERT, membre de l'Académie de Stanislas, à Nancy	20	»
19	id.	F. DUVERNOY, professeur au Lycée, à Nancy.	3	»
20	id.	E. KRANTZ, professeur à la Faculté des lettres, à Nancy	5	»
21	10 juin 1886	FOBLANT, ancien député, à Nancy	10	»
22	12 juin 1886	CLESSE, membre de l'Académie de Stanislas, à Conflans (M.-et-M.).	5	»
23	14 juin 1886	A. NETTER, bibliothécaire de la Faculté de médecine, à Nancy	5	»
24	id.	DE DUMAST, conservateur des forêts, à Nancy.	10	»
25	id.	J. LEJEUNE, secrétaire perpétuel de l'Académie de Stanislas, à Nancy.	20	»
26	15 juin 1886	G. THOMAS, conseiller à la Cour, à Nancy	20	»
27	20 juin 1887	L. WIENER, conservateur du Musée lorrain, à Nancy	10	»
28	23 juin 1887	CHASSIGNET, membre de l'Académie de Stanislas, à Nancy	20	»
29	25 juin 1887	F. LESCUYER, membre de l'Académie de Stanislas, à St-Dizier (Haute-Marne). . .	10	»
30	id.	SALMON, conseiller honoraire à la Cour de Cassation, à Paris.	6	»
31	3 juillet 1887	A. LOMBARD, professeur la Faculté de droit, à Nancy.	10	»
32	4 juillet 1887	P. SIMONIN, ancien magistrat, à Nancy .	5	»
33	7 juillet 1887	LEDERLIN, doyen de la Faculté de droit, à Nancy.	10	»
34	15 juillet 1889	VIVIER, ancien conservateur des forêts, à Nancy.	5	»
35	16 juillet 1887	Ed. HENRY, professeur à l'Ecole forestière, à Nancy.	20	»
36	id.	P. LAMBLÉ, inspecteur des forêts, à Nancy	10	»
37	id.	GAUDEL, inspecteur des forêts, à Toul. .	10	»
38	id.	L. LAPREVOTE, inspecteur-adjoint des forêts, à Nancy.	20	»
39	18 juillet 1887	P. MICHAUT, directeur de la cristallerie de Baccarat (M.-et-M.)	10	»
40	id.	E. REUSS, professeur à l'Ecole forestière, à Nancy	20	»
41	19 juillet 1887	E. DREYFUS, inspecteur des forêts, à Besançon.	5	»
		A reporter . . .	558	»

Numéros d'ordre.	DATE des SOUSCRIPTIOTS	DÉSIGNATION DES SOUSCRIPTEURS	SOMMES SOUSCRITES
		MM. *Report*	558 fr.
42	20 juillet 1887	F. LARZILLIÈRE, inspecteur des forêts, à Verdun (Meuse)	10 »
43	id.	F. JOLYET, conservat^r des forêts, à Vesoul	10 »
44	id.	DE KIRWAN, inspecteur des forêts, Villers-Cotterêts (Aisne).	20 »
45	id.	LEVRET, inspecteur des forêts, à Paris. .	10 »
46	id.	GUILLEMETTE, inspecteur des forêts, à Saint-Mihiel (Meuse)	10 »
47	id.	GUICHET, professeur à l'Ecole forestière, à Nancy	10 »
48	id.	E. FÊTET, inspecteur des forêts, à Neufchâteau (Vosges).	5 »
49	21 juillet 1887	L. ROUSSEL, ancien professeur à l'Ecole forestière, à Nancy.	10 »
50	id.	E. MAIRE, inspecteur des forêts, à Gray (Haute-Saône)	5 »
51	id.	BATTUT, inspecteur-adjoint des forêts, à Gray (Haute-Saône).	10 »
52	id.	L. LAMY, inspecteur des forêts, à Clermont-Ferrand	10 »
53	id.	L. COUSIN, conservateur des forêts, à Bordeaux.	10 »
54	id.	E. JOUFFROY, inspecteur des forêts, à Poligny (Jura).	10 »
55	22 juillet 1887	E. HONORÉ, conservateur des forêts, à Amiens.	10 »
56	id.	DELAUNAY, inspecteur des forêts, à Bar-sur-Aube (Aube)	5 »
57	id.	L. BOPPE, sous-directeur de l'Ecole forestière, à Nancy.	20 »
58	id.	LOYER, inspecteur des forêts, à Rennes. .	10 »
59	id.	BARABAN, inspecteur des forêts, à Niort.	10 »
60	id.	BROILLIARD, conservateur des forêts, à Dijon	5 »
61	id.	LIGÉRET, inspecteur des forêts, à Draguignan	10 »
62	id.	DE LA PORTE DU THEIL, inspecteur des forêts, à Montluçon (Allier). . . .	10 »
63	id.	DESJOBERT, inspecteur des forêts, à Montluçon (Allier).	10 »
64	id.	MEAUME, conservateur des hypothèques, à Falaise (Calvados).	25 »
65	23 juillet 1887	DÉRUÉ, inspecteur des forêts, à Sedan (Ardennes).	10 »
		A reporter . . .	843 »

Numéros d'ordre.	DATE des SOUSCRIPTIONS	DÉSIGNATION DES SOUSCRIPTEURS	SOMMES SOUSCRITES
		MM. *Report*	813 fr.
66	23 juillet 1887	G. MASSON, inspecteur des forêts, à Dijon	10 »
67	id.	DANIEL DE LAGASNERIE, ancien inspecteur des forêts, à Polignan (Haute-Garonne).	15 »
68	id.	DUBREUIL, inspecteur des forêts, à Mauléon (Hautes-Pyrénées)	10 »
69	id.	C. VANEY, inspecteur des forêts, à Paris.	10 »
70	24 juillet 1887	MAINGAUD, inspecteur des forêts, à Saint-Gaudens (Haute-Garonne).	10 »
71	id.	LE NORMAND, inspecteur-adjoint des forêts, à Senonches (Eure-et-Loir).	10 »
72	id.	E. PERRIN, inspecteur des forêts, à Bruyères (Vosges)	10 »
73	id.	FAUCOMPRÉ, inspecteur des forêts, à Belley (Ain).	10 »
74	id.	DURAND, inspecteur des forêts, à Montpellier.	10 »
75	25 juillet 1887	GAST, inspecteur des forêts, à Boulogne-sur-Mer (Pas-de-Calais).	20 »
76	id.	RÉCOPÉ, inspecteur des forêts, à Saint-Germain-en-Laye (Seine-et-Oise). . .	10 »
77	id.	MABARET, inspecteur des forêts, à Gex (Ain).	10 »
78	id.	COURCIER, ancien agent forestier, receveur municipal, à Besançon	5 »
79	id.	TROMBERT, inspecteur adjoint des forêts, à Bar-sur-Seine (Aube).	5 »
80	id.	A. BURGER, ancien agent forestier, à Meaux.	5 »
81	id.	FRANÇOIS, ancien conservateur des forêts, à Senones (Vosges).	10 »
82	id.	G. SÉE, inspecteur général des forêts, à Paris	20 »
83	id.	L'abbé MATHIEU, membre de l'Académie de Stanislas, à Nancy.	5 »
84	id.	LE TELLIER, inspecteur des forêts, à Sens (Yonne)	10 »
85	id.	P. MICHAUD, inspecteur des forêts, à Mirecourt (Vosges).	5 »
86	id.	POLLET, inspecteur des forêts, à Lorient (Morbihan).	10 »
87	id.	ÉTHIS, conservateur des forêts, à Bourges.	10 »
88	id.	SICARD, inspecteur adjoint de forêts, à Moulins	10 »
89	id.	L. GUIOT, ancien conservateur des forêts, à Noizay (Indre-et-Loire)	10 »
		A reporter . . .	1.053 »

Numéros d'ordre.	DATE des SOUSCRIPTIONS	DÉSIGNATION DES SOUSCRIPTEURS	SOMMES SOUSCRITES
		MM. *Report*	1.053 fr.
90	25 juillet 1887	VAULTRIN, inspecteur des forêts, à Foix.	10 »
91	26 juillet 1887	SAUSSE-MIGNOT, inspecteur général honoraire des forêts, à Epinal.	10 »
92	id.	JOUBAIRE: inspecteur général des forêts, à Paris.	10 »
93	id.	BERNARD, ancien conservateur des forêts, à Paris.	10 »
94	id.	GÉNIN, ancien conservateur des forêts, à Wadelaincourt (Meuse).	20 »
95	id.	CLÉMENT DE GRANDPREY, ancien inspecteur général des forêts, à Versailles.	5 »
96	id.	ROUX, inspecteur des forêts, à Valence. .	10 »
97	id.	DE SAISERAY, inspecteur des forêts, à Thonon (Haute-Savoie).	10 »
98	id.	DE BONNAULT, ancien agent forestier, à Loye (Cher)	10 »
99	id.	SERVAL, inspecteur général des forêts, à Versailles	10 »
100	id.	LE PAUTE, conservateur des forêts, à St-Mandé (Seine)	10 »
101	id.	BARBIER, ancien inspecteur des forêts, à Poitiers	10 »
102	id.	MALEPEYRE, inspecteur des forêts, à Orléansville (Algérie).	10 »
103	id.	NORMAND D'AUTHON, inspecteur-adjoint des forêts, à Niort	3 »
104	id.	THOMAS-FROIDEAU, inspecteur des forêts, à Fontainebleau (Seine-et-Marne). . . .	10 »
105	27 juillet 1887	TEULIER-LABROUSSE, ancien agent forestier, à Paris	10 »
106	id.	ORY, inspecteur des forêts, à Vesoul. . .	10 »
107	id.	JALABERT, professeur à la Faculté de droit, à Paris.	5 »
108	id.	P. GRANDJEAN, ancien conservateur des forêts, à Lamarche (Vosges).	10 »
109	id.	DUCHET-SUCHAUX, conservateur des forêts, à Bar-le-Duc	10 »
110	id.	SENARD, inspecteur-adjoint des forêts, à Dôle (Jura).	10 »
111	id.	GALMICHE, inspecteur des forêts, à Darney (Vosges).	10 »
112	id.	DE BOIXO, inspecteur des forêts à Perpignan.	10 »
113	id.	DE VERCLY, inspecteur-adjoint des forêts, à Autun (Saône-et-Loire)	10 »
		A reporter . . .	1.286 »

Numéros d'ordre.	DATE des SOUSCRIPTIONS	DÉSIGNATION DES SOUSCRIPTEURS	SOMMES SOUSCRITES
		MM. *Report*	1.286 fr.
114	28 juillet 1887	E. MER, inspecteur des forêts, à Longemer, près Gérardmer (Vosges)	5 »
115	id.	GOUPILLEAU, inspecteur des forêts, à Digne	10 »
116	id.	Le Docteur E. LALLEMENT, membre de l'Académie de Stanislas, à Nancy . . .	15 »
117	id.	DE BRY D'ARCY, ancien inspecteur général des forêts, à Paris.	10 »
118	id.	BUREL, conservateur des forêts, à Epinal.	10 »
119	id.	MÉNA, inspecteur des forêts, à Epinal . .	10 »
120	id.	ELLUIN, inspecteur des forêts, à Coulommiers (Seine-et-Marne).	10 »
121	id.	MIGNEROT, inspecteur des forêts, à Chambéry.	10 »
122	id.	DE VILLENEUVE, inspecteur des forêts, à Lons-le-Saulnier.	10 »
123	id.	GUARY, conservateur des forêts, à Toulouse.	10 »
124	29 juillet 1887	DE SAINTIGNON, ancien agent forestier, maître de forges, à Longwy (M.-et-M.) .	20 »
125	id.	BLONDIN, inspecteur des forêts, à Dijon.	10 »
126	id.	DU GUINY, conservateur des forêts, à Moulins	10 »
127	id.	PIERRON, inspecteur des forêts, à Nantua (Ain).	10 »
128	id.	TASSY, inspecteur des forêts, à Toulon. .	10 »
129	id.	BÉCOURT, inspecteur des forêts, au Quesnoy (Nord).	10 »
130	id.	COLIN, inspecteur des forêts, à Ajaccio.	10 »
131	30 juillet 1887	PETITCOLLOT, professeur à l'Ecole forestière, à Nancy.	10 »
132	id.	AUBERT, inspecteur des forêts, à Philippeville (Algérie)	15 »
133	id.	DE VIGUERIE, ancien conservateur des forêts, à Toulouse	10 »
134	id.	MOYSE, inspecteur des forêts, à Bordeaux.	10 »
135	31 juillet 1887	DE SAINTE-FARE, conservateur des forêts, à Nîmes.	10 »
136	1er août 1887	BARTET, inspecteur-adjoint des forêts, à Nancy.	10 »
137	id.	B. DE LA GRYE, ancien conservateur des à Paris.	20 »
138	id.	LEGUAY, inspecteur des forêts, à Louviers (Eure)	10 »
		A reporter . . .	1.561 »

Numéros d'ordre.	DATE des SOUSCRIPTIONS	DÉSIGNATION DES SOUSCRIPTEURS	SOMMES SOUSCRITES
		MM. *Report*	1.564 fr.
139	1ᵉ août 1887	C. PROUVÉ, ancien inspecteur des forêts, à Dieppe.	10 »
140	id.	CHOUFFE, inspecteur des forêts, à Lille. .	5 »
141	2 août 1887	BOUSQUIER, conservateur des forêts, à Chambéry	10 »
142	id.	VINCENT, ancien inspecteur des forêts, à Toulon.	10 »
143	id.	ROUYER, inspecteur des forêts, à Commercy (Meuse)	10 »
144	3 août 1887	J. BERT, inspecteur des forêts, à Paris. .	20 »
145	4 août 1887	MÉLARD, inspecteur des forêts, à Paris. .	10 »
146	id.	B. DE CORBIGNY, ancien conservateur des forêts, à Paris	20 »
147	id.	DE MONTEIL, inspecteur des forêts, à Bordeaux	10 »
148	id.	ÉLIE, inspecteur des forêts, à Sisteron (Basses-Alpes)	10 »
149	id.	DE QUINCEROT, conservateur des forêts, à Aurillac	20 »
150	5 août 1887	MONGENOT, inspecteur des forêts, à Paris.	10 »
151	id.	ERNST, inspecteur des forêts, à Luxeuil (Haute-Saône)	10 »
152	id.	FLICHE, professeur à l'École forestière, à Nancy	20 »
153	6 août 1887	DE NOVITAL, inspecteur-adjoint des forêts, à Nancy	10 »
154	id.	P. DE SAULTY, conservateur des forêts, à Troyes.	10 »
155	id.	QUERBEZ, ancien conservateur ces forêts, à Paimbœuf (Loire-Inférieure)	20 »
156	id.	LEBŒUF, inspecteur des forêts, à Clamecy (Nièvre)	10 »
157	7 août 1887	LE LEVREUR, inspecteur-adjoint des forêts, à Epernay (Marne)	5 »
158	8 août 1887	BIZALION, ingénieur en chef des Ponts-et-Chaussées, à Nancy.	20 »
159	id.	MOLLEVEAUX, inspecteur des forêts, à Orléans	10 »
160	10 août 1887	DE GAIL, inspecteur des forêts, à Semur (Côte-d'Or).	5 »
161	id.	CANTEGRIL, conservateur des forêts, à Carcassonne	10 »
162	12 août 1887	CHARLEMAGNE, conservateur des forêts, à Paris.	10 »
		A reporter . . .	1.846 »

Numéros d'ordre.	DATE des SOUSCRIPTIONS	DÉSIGNATION DES SOUSCRIPTEURS	SOMMES SOUSCRITES
		MM. *Report*	1.846 fr.
163	12 août 1887	HERPIN, conservateur des forêts, à Tarbes	20 »
164	13 août 1887	MATHIEU, conservateur des forêts, à Oran	10 »
165	id.	DELAUNAY, inspecteur des forêts, à Mostaganem (Algérie)	10 »
166	id.	GORET, inspecteur des forêts, à Sidi-bel-Abbès (Algérie).	10 »
167	id.	REYNARD, inspecteur des forêts, à Tlemcen (Algérie).	5 »
168	14 août 1887	MÉNESTREL, inspecteur-adjoint des forêts, à Villers-Cotterêts (Aisne)	10 »
169	id.	JACMART, inspecteur-adjoint des forêts, à Bordeaux.	10 »
170	id.	GILARDONI, inspecteur des forêts, à Dôle (Jura)	10 »
171	15 août 1887	L. JOLY, ancien inspecteur des forêts, à Moulins.	10 »
172	id.	P. CARRIÈRE, inspecteur des forêts, à Digne	10 »
173	17 août 1887	POUCIN, conservateur des forêts, à Alençon.	5 »
174	18 août 1887	GILLIOT, ancien inspecteur des forêts, à Eu (Seine-Inférieure).	10 »
175	22 août 1887	FORESTIER, ancien garde-général des forêts, receveur des finances, à Ivry (Seine)	10 »
176	26 août 1887	NAUDIN, ancien agent forestier, à Pierrefitte-sur-Sauldre (Loir-et-Cher)	10 »
177	id.	BEURNIER, ancien inspecteur général les forêts, à Montbéliard (Doubs).	10 »
178	27 août 1887	GREFF, inspecteur des forêts, à Moutiers (Savoie).	10 »
179	31 août 1887	G. DE PATORNAY, inspecteur-adjoint des forêts, à Sens (Yonne)	10 »
180	1er sept. 1887	POULMAIRE, inspecteur des forêts, à Bar-le-Duc.	10 »
181	id.	BETHS, ancien agent forestier, à Fontainebleau (Seine-et-Marne).	20 »
182	10 sept. 1887	PEIFFER, inspecteur-adjoint des forêts, à Paris.	10 »
183	id.	DAVID, inspecteur des forêts, à Paris.	5 »
184	14 sept. 1887	GEBHART, inspecteur des forêts, à Aurillac	10 »
185	20 sept. 1887	DELAPORTE, inspecteur des forêts, au Mans.	10 »
		À reporter . . .	2.081 »

Numéros d'ordre.	DATE des SOUSCRIPTIONS	DÉSIGNATION DES SOUSCRIPTEURS	SOMMES SOUSCRITES
		MM. *Report*	2.081 fr.
186	21 sept. 1887	BOCQUENTIN, ancien conservateur des forêts, au Pavillon, près Dreux (Eure-et-Loir).	10 »
187	8 oct. 1887	LECOMTE, inspecteur général des forêts, à Paris.	10 »
188	22 oct. 1887	Mᵐᵉ MEAUME, à Paris	300 »
189	id.	P. DARESTE, avocat au Conseil d'État et à la Cour de Cassation, à Paris.	50 »
190	id.	L'ACADEMIE DE STANISLAS, à Nancy. .	10 »
191	25 oct. 1887	L. LALLEMENT, avocat, à Nancy.	20 »
192	id.	THIÉRY, professeur à l'Ecole forestière, à Nancy.	20 »
193	15 nov. 1887	DE GORSSE, inspecteur des forêts, à Paris.	10 »
194	id.	BARTHÉLEMY, inspecteur des forêts, à Senones (Vosges).	10 »
195	17 nov. 1887	BRUANT, inspecteur des forêts, à Paris. .	20 »
196	26 nov. 1887	La SOCIÉTÉ D'ÉMULATION DES VOSGES, à Epinal.	10 »
197	17 déc. 1887	DE BRAUX, à Boucq (Meurthe-et-Moselle).	5 »
198	22 déc. 1887	LEGROS-SAINT-ANGE, ancien inspecteur des forêts, à Paris	10 »
199	id.	GABÉ, ancien directeur des forêts, à Versailles	20 »
200	id.	DAUBRÉE, directeur intérimaire des forêts.	20 »
201	id.	DEMONTZEY, inspecteur général des forêts, à Paris.	10 »
202	id.	PETITON, inspecteur général des forêts, à Paris	10 »
203	id.	NIEPCE, inspecteur général des forêts, à Paris	10 »
204	id.	MAJORELLE, inspecteur des forêts, à Lunéville.	10 »
205	id.	FAVIER, bibliothécaire en chef de la ville de Nancy	5 »
206	id.	Cн. GUYOT, professeur à l'Ecole forestière, à Nancy.	25 »
		TOTAL.	2.676 fr.

La lecture de cette liste montre que la somme ainsi réunie doit être attribuée pour des parts inégales à deux sources différentes : aux agents forestiers pour trois quarts environ, le surplus ayant été souscrit en dehors de l'administration forestière, ou provenant d'un don généreux de la famille de M. Meaume. Mais ce qu'une sèche nomenclature ne peut fournir , c'est l'expression de profonde reconnaissance , d'affectueux souvenir ou d'admiration vraie qui s'échappe des nombreuses lettres que nous avons reçues en réponse à notre appel, et que nous regrettons de ne pouvoir publier. Ces sentiments nous sont précieux, et nous les estimons plus encore, s'il est possible, que la souscription dont ils accompagnaient l'envoi, riche subvention ou modeste obole.

En même temps que s'augmentaient ainsi les sommes mises à notre disposition, nous pouvions préciser les détails d'exécution que nous avions réservés à l'origine. Il nous était permis de commander deux médaillons de marbre, pour répondre aux deux groupes principaux de souscripteurs, et nous faisions entrer dans le devis une réduction en terre cuite de l'œuvre principale, destinée à être offerte à Mme Meaume, en souvenir de cette souscription à laquelle elle a largement contribué. Le sculpteur se mit immédiatement à l'ouvrage : M. E. Bussière, choisi par le Comité et connu déjà dans le monde artistique de Nancy, présentait toutes les garanties désirables pour un pareil travail.

Nous nous occupions aussi de déterminer l'emplacement le plus convenable aux deux effigies. Pour l'une d'elles, la bibliothèque de l'Ecole forestière offrait les meilleures conditions possibles ; le professeur n'y est pas dépaysé, et longtemps encore , nous l'espérons , des collègues qui l'ont connu pourront y saluer cette figure amie. Quant à l'autre, nous avions d'abord pensé à la Bibliothèque municipale de Nancy ; mais la disposition intérieure de cet établissement ne nous offrait que des salles reculées où le public ne pénètre jamais et où le médaillon d'Edouard Meaume eût été par trop discrètement caché. Nous avons préféré la grande salle du Musée lorrain, la galerie des Cerfs du Palais ducal, toujours très visitée par les étrangers aussi bien que par les Nancéiens.

C'est seulement au mois d'avril 1888 que les deux marbres ont pu recevoir leur place : long délai, penseront sans doute quelques souscripteurs ; et pourtant nous avons fait tous nos efforts pour hâter le moment où nous pouvons enfin rendre compte de notre mandat et justifier de l'emploi des sommes qui nous ont été confiées. Cet emploi se trouve indiqué dans l'énumération suivante :

Dépenses.

Impression et envoi des circulaires et du compte-rendu. . . .	99f 40
Factures de L. Wiener, agrandissement de photographies et phototypie du médaillon	134 00
— de E. Bussière, sculpteur (médaillon et réduction) . .	1.650 00
— de Vallin et Cachelin, menuisiers.	147 90
Frais divers, recouvrement, etc.	69 80
Total des dépenses.	2.101f 10

Recettes.

Souscriptions recouvrées	2.676f 00
Intérêts des dépôts faits à la Société Générale.	22 10
Total des recettes	2.698f 10

Balance.

Recettes	2.698f 10
Dépenses	2.101 10
Reste.	597f 00

Le Comité s'est occupé, dans sa dernière séance, de statuer sur l'emploi auquel il convenait d'affecter cette somme, relativement considérable. Il a été décidé d'en faire deux parts, proportionnelles à l'importance relative des deux groupes principaux de souscripteurs : agents forestiers et personnes étrangères à l'administration des forêts. La quote-part correspondant à la souscription des agents forestiers (les trois quarts du reliquat environ, soit 441 fr.) serait consacrée à venir en aide à une famille d'anciens employés forestiers, digne d'intérêt, et actuellement dans une misère complète ; le surplus (147 fr.) serait versé au Bureau de bienfaisance de la ville de Nancy. Le Comité espère que cette affectation recevra l'approbation des souscripteurs, qu'il était impossible de consulter individuellement. Toutefois, la décision ainsi prise ne sera mise à exécution que le 15 juillet ; jusqu'à cette date, les souscripteurs qui réclameraient par lettre adressée au secrétaire du Comité, seront remboursés au prorata du chiffre de leur souscription.

Nous ne pouvons mieux terminer cette notice qu'en reproduisant ici l'appréciation d'un recueil nancéien, le *Journal d'Archéologie lorraine,* sur les résultats que nous avons obtenus (numéro d'avril 1888, p. 95-96) :

« Le Comité formé pour organiser la souscription relative au médaillon d'Edouard Meaume vient d'offrir au Musée lorrain l'œuvre de notre compatriote Bussière. L'artiste, n'ayant pour modèles que des photographies datant d'époques très diverses, a choisi celles qui correspondaient à la maturité de M. Meaume, et cette remarque est utile à faire pour ceux d'entre nous qui ont conservé le souvenir d'un septuagénaire ; le marbre reflète bien les traits d'un homme ayant à peine cinquante ans. On ne saurait trop louer M. Bussière du résultat obtenu malgré les nombreuses difficultés qu'il avait à vaincre : la principale est la nature même du demi-relief, plus accusé sans doute que le simple profil, mais se détachant toujours assez difficilement du fond. La disposition du jour n'a pas permis de placer le médaillon de Meaume, comme on se le proposait, dans le panneau consacré à Callot dont il fut l'historien. L'emplacement choisi, au fond de la galerie des Cerfs, est d'ailleurs parfaitement convenable. »

Pour ceux de nos souscripteurs qui ne pourront venir à Nancy, à l'Ecole forestière ou au Musée lorrain, nous avons fait reproduire par la phototypie le médaillon de M. Meaume et nous joignons cette reproduction à notre compte-rendu. Cette image sera pour nos amis un souvenir durable de l'entreprise à laquelle ils ont bien voulu concourir, et dont leur empressement a permis le succès.

LES MEMBRES DU COMITÉ.

Nancy, juin 1888.

NANCY. — IMPRIMERIE A. VOIRIN, RUE DE L'ATRIE, 23 *bis*.